LES JOYAUX

DE LA

REINE DES CIEUX

OU

LITANIES DE LA TRÈS-SAINTE VIERGE

PARAPHRASÉES EN SONNETS,

SUIVIES D'UNE

CANTATE A NOTRE-DAME DU ROSAIRE,

D'UNE HYMNE A MARIE IMMACULÉE

ET D'UN SALVE REGINA,

Par l'Abbé Léopold L. DUPUY-PÉYOU,

Membre de l'Académie poétique de France.

De Mariâ nunquàm satis...
St BERNARD.

CHEZ LES ÉDITEURS :

PARIS,	TOULOUSE,
Édouard ROUVEYRE, libre-éditr,	GARRIGUES, libraire-éditeur,
1, rue des Saints-Pères, 1.	11, place St-Étienne.

PÉRIGUEUX,

CASSARD FRÈRES, imprimeurs-libraires,

13 et 15, rue Saint-Martin.

1878

LES JOYAUX

DE

LA REINE DES CIEUX.

LES JOYAUX

DE LA

REINE DES CIEUX

OU

LITANIES DE LA TRÈS-SAINTE VIERGE

PARAPHRASÉES EN SONNETS,

SUIVIES D'UNE

CANTATE A NOTRE-DAME DU ROSAIRE,

D'UNE HYMNE A MARIE IMMACULÉE

ET D'UN SALVE REGINA,

Par l'Abbé Léopold L. DUPUY-PÉYOU,

Membre de l'Académie poétique de France.

De Mariâ nunquàm satis...
St Bernard.

CHEZ LES ÉDITEURS :

PARIS,	TOULOUSE,
Édouard ROUVEYRE, libre-éditr,	GARRIGUES, libraire-éditeur,
1, rue des Saints-Pères, 1.	11, place St-Étienne.

PÉRIGUEUX,

CASSARD FRÈRES, imprimeurs-libraires,
13 et 15, rue Saint-Martin.

1878

A

MONSEIGNEUR NICOLAS-JOSEPH DABERT

Evêque de Périgueux et de Sarlat.

Monseigneur,

Grâce à votre tendre et généreuse dévotion pour la Très-Sainte Vierge, le Périgord compte aujourd'hui de magnifiques sanctuaires en l'honneur de Marie, où des fidèles nombreux, ranimés par les élans de votre charité, accourent s'agenouiller chaque année. Notre-Dame des Vertus, Notre-Dame de Fontpeyrine, principalement Notre-Dame de Capelou et Notre-Dame de la Garde réservent à Votre Grandeur une page bien belle dans leurs annales.

Une modeste guirlande que mes doigts ont tressée, un hymne, faible écho de mon amour filial, sont, je le sais, des présents peu dignes de la Reine du Ciel ; mais si mon offrande n'a pour tout mérite que celui d'une bonne intention, votre piété et vos sympathies pourront, à elles seules, lui mériter quelque valeur.

C'est pourquoi j'ose tout d'abord déposer aux pieds de Votre Grandeur ce petit poème, afin que mon hommage devienne plus agréable à Marie. Ses serviteurs pieux pourront lui réserver leurs faveurs quand ils le verront se répandre sous vos honorables auspices.

Daignez donc, Monseigneur, en agréer la dédicace.

Par cette nouvelle bonté, que j'ose encore solliciter, vous comblerez mon cœur de joie, et si ma reconnaissance ne peut envers vous acquitter ses innombrables dettes, que Marie m'aide à vous remercier et vous bénisse pour le peu de bien que j'ambitionne aujourd'hui, et auquel vous aurez si puissamment contribué.

J'attends votre double bénédiction pour l'auteur et pour l'œuvre, tandis que je ne puis vous offrir que la sincère expression de la vive gratitude et des sentiments très-respectueux avec lesquels

J'ai l'honneur d'être,

Monseigneur,

de Votre Grandeur,

le très-humble et très-dévoué fils en N. S.

et en sa T. S. Mère.

L'abbé Léopold-Louis DUPUY-PÉYOU.

PRÉFACE.

Après l'*Ave Maria*, la plus belle prière en l'honneur de la Très-Sainte Vierge, les *litanies* sont incontestablement l'hymne la plus achevée, la plus sublime qui puisse lui être adressée. Aussi, de tous les pieux serviteurs s'exhale-t-elle, tantôt comme un murmure cadencé, tantôt comme une suave symphonie qui fait résonner la voûte du sanctuaire, ou qui monte vers le dôme azuré des cieux. Elle s'élève gracieuse et légère jusqu'au trône de Marie, et le cœur qui chante ou qui prie oublie la longueur de la route, les tristes amertumes de la vie, et ressent par anticipation comme un avant-goût des félicités éternelles.

Ah ! c'est que l'énumération de tant de noms admirables, de tant de titres symboliques, renferme des mystères si doux et si consolants ! L'âme y en trouve toujours sans chercher à se les expliquer souvent.

Vainement, parfois, un esprit ordinaire chercherait à entrevoir, au sein de ces sublimes profondeurs, je ne dis pas le sens réel et vrai, mais même une pensée quelconque. Et, cependant, l'Eglise, en choisissant ces mystérieuses invocations, n'a cherché qu'à nous présenter la majestueuse beauté de la Vierge sous les aspects les plus riants et les plus variés, afin de la rendre plus chère à notre amour filial. Les siècles ont consacré cette divine cantate et nous l'ont transmise avec son inaltérable et mystique simplicité.

Sans doute, une pieuse intention suffit pour mériter à la prière toute son efficacité ; mais si le cœur ne peut se nourrir de chaque parole murmurée par les lèvres, quel attrait assez puissant pourra entretenir et faire persister notre dévotion dans une pratique aussi ingrate ?

Voilà pourquoi tant d'écrivains, dévots serviteurs de Marie, ont compris l'utilité d'une explication, d'une paraphrase de ses litanies, et ont cherché à mettre cette admirable supplique à la portée de toutes les intelligences en dévoilant tous ses secrets.

Si nous avons cédé nous-même au désir d'être utile, nous comprenons maintenant plus que jamais combien notre tâche était difficile et ardue. Trop heureux encore si le produit de quelques veilles pouvait apporter quelques fruits.

Nous nous sommes proposé d'instruire celui qui récite les litanies de la Sainte Vierge en fixant son esprit sur la méditation renfermée dans chacune des invocations. L'imagination, ainsi reposée sur chaque sujet, peut, à notre avis, entretenir la ferveur et rendre la prière plus attrayante et par suite plus favorable.

Le champ si vaste que nous avons parcouru s'offrait avec tant de poésie que nous avons cédé à son séduisant attrait. C'est pourquoi nous osons livrer à nos lecteurs bienveillants cette infinie cantate sous la forme rhythmique, forme nouvelle peut-être, qui enrichira parfois la pensée, mais qui devra aussi la paralyser souvent à cause des innombrables exigences de l'art.

Parmi les divers genres de poésie, nous avons choisi le sonnet qui, plus que tout autre pièce, offre l'aspect d'une hymne véritable par ses formes et ses lois invariables.

Ce n'est pas sans efforts que nous avons persisté dans la règle constante que nous nous sommes tracée, à savoir : de clore toujours chaque sonnet par l'invocation qui en fait le sujet. On remarquera les difficultés sans nombre qu'a fait surgir cette uniformité. Si le trait final et caractéristique du sonnet ne jaillit pas toujours, la sécheresse d'une rime banale mérite qu'elle partage les reproches réservés à l'auteur.

En fournissant le dernier sonnet des litanies, notre muse, sous le charme d'une secrète inspiration, à découvert d'autres riches diamants dans le

merveilleux écrin de la Reine du Ciel. C'est pourquoi elle a désiré chanter de nouvelles vertus. *De
Mariâ nunquam satis.*

Les quinze mystères du Rosaire qui semblent
résumer toute l'existence de la Très-Sainte-Vierge,
lui ont fourni chacun le sujet d'une strophe, et
l'*Ave Maria* paraphrasé peut servir de refrain à la
pieuse cantate.

Une hymne où toute la création vient apporter
son tribut d'hommages à Marie-Immaculée fait
suite aux litanies et au Rosaire.

Enfin, comme complément de notre poème, nous
ajoutons, dans un adieu final, un *Salve Regina*,
prière admirable, antienne si touchante, où l'âme
exilée sur cette terre adresse ses plus humbles, ses
plus ferventes supplications à la Reine du Ciel.

Sympathiques lecteurs, ce n'est pas sans quelque
hésitation que nous livrons ces monotones accents
à votre indulgence. Si nos efforts ne peuvent
combler le désir de vous charmer, que nous avons
pu caresser, notre ambition du moins sera ample-
ment satisfaite, si, dans ces pages, que nous avons
puisées à des sources inspirées, vous savez glaner
quelques pieuses pensées, rencontrer quelques
sucs vivifiants qui réveillent dans votre cœur les
premières ardeurs de votre amour pour Marie.

Et vous, ô Reine du Ciel ! dites-moi comment

j'ai osé retracer vos gloires et vos grandeurs, moi misérable mortel qui connais toute ma faiblesse et toute mon indignité.

Si j'ai cédé à tant de témérité, mon cœur, à tout prix, a voulu vous chanter. Mais votre affection me rassure et ranime ma confiance. Puisque c'est vous, Marie, qui fîtes la première vibrer les cordes de ma lyre, je vous devais ses premiers accords. Aujourd'hui, je viens vous les offrir en les déposant au pied de votre trône. Puisse ma lyre vous chanter encore pour vous louer et vous faire louer davantage, puisse mon cœur, fidèle à ses sentiments, ne vous trahir jamais et vous aimer toujours !

LITANIES

DE

LA TRÈS-SAINTE VIERGE.

HOMMAGE A N.-D. DE LOURDES.

Vierge que respecta le premier anathème,
Colombe du Rocher, Mère du pur amour,
Marie, oh! laisse-moi sur ton saint diadème
Admirer les joyaux plus riants que le jour.

Je me jette à tes pieds, car je sens que je t'aime,
O ma Reine! et je viens pour te faire ma cour.
Chacun de tes rayons inspirant un poème,
Mon cœur vient te chanter en priant tour à tour.

Mais quand je vois au Ciel les heureuses phalanges
Qui murmurent pour toi leurs plus belles louanges
Sans pouvoir t'adresser qu'un hommage incomplet,

Par de faibles accords échappés de ma lyre,
Ah ! je ne comprends pas comment j'ose redire
Tes grandeurs dans le chant si borné d'un sonnet.

KYRIE ELEISON.

Seigneur, Père des Cieux, dans l'amour et la crainte
Tout se courbe et pâlit devant ta majesté.
Que béni soit ton nom, que ta volonté sainte
Se fasse maintenant et dans l'éternité !

Jésus, fils Rédempteur, de l'homme entends la
Lave-le dans le sang de ta divinité.   [plainte .
Esprit-Saint, fais sentir ton amoureuse étreinte
Au monde qui soupire après ta charité.

Auguste Trinité, féconde Providence,
Rempli de mon néant et de ma dépendance,
         Pécheur, je t'adore à genoux.

Que nos élans pieux t'arrivent par Marie,
Ta Fille, ton Epouse et ta Mère chérie ;
         Ecoute-nous, exauce-nous.

SANCTA MARIA.

Il est un nom sacré que l'homme aime à redire,
Que le pécheur lui-même invoque avec amour.
Ce nom charme l'oreille et l'œil cherche à le lire ;
Le vieillard et l'enfant le chantent tour à tour.

Ce nom, c'est la beauté, la grâce, le sourire,
C'est l'aurore au matin, l'astre à la fin du jour ;
C'est un accord divin que l'ange, de sa lyre,
Laisse échapper pour nous du bienheureux séjour.

C'est aussi le parfum, le baume, l'espérance,
L'asile du repos, l'amour, la confiance,
C'est le pardon, la paix et le bonheur pour tous !

Puisque tout l'univers te célèbre et te prie,
M'unissant au concert, je veux, à tes genoux,
Mille fois répéter ton nom, *Sainte Marie !*

SANCTA DEI GENITRIX.

Quand je vois à tes pieds et soumis à tes lois
Les peuples de la terre, ô divine Madone !
Que les anges au ciel environnent ton trône,
Que pour te sacrer Reine, il n'est plus qu'une voix,

Je me dis d'où te vient l'éclat qui t'environne ;
Vient-il de tes aïeux ? Patriarches et rois
S'honorent de leur fille, et ta gloire leur donne
Une gloire à laquelle ils n'ont pas eu de droits.

L'oracle avait chanté tes grandeurs sur la terre ;
Pour le monde pourtant tu ne fus qu'un mystère,
Puisqu'il avait reçu ton éternel adieu.

La terre qui ressent chaque jour tes suffrages,
Te chante avec le ciel pour offrir ses hommages
A ta maternité, *sainte Mère de Dieu !*

SANCTA VIRGO VIRGINUM.

Des mains du Créateur tu sortis radieuse,
Vierge sans une tache et sans corruption.
Fière de ta beauté, tu ne fus soucieuse
Que de la conserver sans altération.

Tu voulais pour Dieu seul ta vertu précieuse,
Et tu n'eus dans ton cœur que cette ambition.
La terre méconnut ta flamme généreuse,
Mais le Ciel la choisit pour la rédemption.

Tu croyais t'abaisser pour lui plaire, ô Marie !
Dieu te fit pour ton vœu son épouse chérie,
Tu trouvais ta grandeur dans ton humilité.

Océan de vertus, pécheurs, tu nous submerges.
En nous montrant en toi l'aimable chasteté,
Tu nous la fais aimer, *sainte Vierge des Vierges !*

MATER CHRISTI.

Mère d'un homme Dieu ! quel titre plus sublime !
Mère d'un créateur, créature à la fois !..
Si la raison ne peut sonder tout cet abîme,
La foi dit que ton sang a coulé sur la croix.

Pour racheter le monde et pour laver son crime,
L'Agneau fut immolé sur un infâme bois.
Si Dieu le Père offrit cette auguste victime,
Marie, à ton amour je sais que je la dois.

Mille fois sois bénie entre toutes les femmes,
Toi dont l'amour si fort désaltéra nos âmes
Dans le sang précieux de ton unique fils.

Et tu refais toujours ton même sacrifice ;
Pour nos cœurs affamés, tu viens, co-Rédemptrice,
Offrir en aliment sa chair, *Mère du Christ!*

MATER DIVINÆ GRATIÆ.

Dans les ardeurs du jour on voit la fleur fanée ;
On voit tourbillonner la poudre du chemin.
Par le souffle brûlant, la terre desséchée
Soupire après la brise et les pleurs du matin.

Ainsi l'âme ici-bas se flétrit épuisée
Au souffle impur du monde. A son dernier déclin,
Elle demande alors sa goutte de rosée,
Et sur elle le ciel répand son don divin.

Cette onde de la grâce, éternelle fontaine,
Dieu, tu la fis jaillir pour la Samaritaine :
Etanchant ses ardeurs, elle y guérit ses maux.

Marie, ô doux canal par où cette onde passe,
Laisse-la sur tes fils s'épancher à longs flots,
Mère de la Divine Grâce !

MATER PURISSIMA.

L'enfant vers le tombeau chaque jour s'achemine.
Toute flamme s'éteint : le rêve a son réveil,
Le miel a son dégoût, le bonheur son épine,
Et le génie aussi son instant de sommeil.

L'onde pure se trouble et l'arbre au vent s'incline ;
La fleur perd son parfum et son éclat vermeil ;
La beauté se ternit et la grandeur décline ;
Chaque chose a sa nuit comme elle a son soleil.

Le sang souilla toujours l'honneur de la victoire :
La vertu par le vice a vu flétrir sa gloire.
Qui peut garder intact son rayon ici-bas ?

Tous tes trésors, Marie, ô belle créature !
Pour la terre et le ciel, seule tu les gardas,
Comme pour enrichir ton fils, *Mère Très-pure!*

MATER CASTISSIMA.

Avec les noirs suppôts soumis à ton servage,
Viens-tu pour exercer ton infâme métier,
Esprit impur ? Viens-tu m'immoler à ta rage,
Ou mieux, veux-tu mon âme ? Approche, vil
[guerrier.]
Cours, monstre furieux, essayer mon courage,
Avance, je t'attends, viens me faire plier.
Sans fer je combattrai : j'ai pour arme une image;
Tes coups, je les dédaigne avec ce bouclier.

Ah ! que vois-je ? tu fuis ! Marie est donc puissante,
Maudit Satan, oui, fuis, cache ton épouvante ;
A toi toute la honte, à moi la pureté.

Reçois les doux transports d'un cœur enthousiaste :
Il doit cette victoire à ta virginité.
A toi donc ses lauriers si beaux, *Mère très-chaste !*

2

MATER INVIOLATA.

Quand de nouveau le cerf sent germer sa ramure,
Lorsque l'oiseau reprend son chant mélodieux,
Qu'avril avec ses fleurs parfume la nature,
Tout captive l'oreille et tout charme les yeux.

Quand le pampre chargé voit jaunir sa verdure,
Octobre de ses fruits embaume au loin les cieux.
La terre ayant changé de joyaux, de parure,
Sur la fleur morte brille un fruit délicieux.

Mais toi, Lis d'Israël, ô Vierge immaculée!
Blanche urne de cristal par le Très-Haut scellée,
Mais que le ciel perça d'un rayon créateur ;

Toi, fille de David, tige belle et féconde,
Tu sus porter le *fruit* qui racheta le monde,
Sans ternir un instant la beauté de ta *Fleur*.

MATER INTEMERATA.

Le monde subissait le terrible anathème
Qu'arracha son orgueil au Seigneur irrité ;
Mais ce Dieu courroucé devint la bonté même,
Quand il te vit, Marie, avec tant de beauté.

Il posa dans ta main un lis, riant emblème,
Qui reflétait l'éclat de ta virginité,
Et sur ton front si doux un riche diadème
Où, parmi tes vertus, brillait ta pureté.

Plus belle avec ces dons, tu vécus sur la terre,
Sans connaître jamais le souffle délétère
    Qui glace et qui ternit le cœur.

Marie, ô fleur du ciel, qu'un rayon se détache
    De ton éternelle blancheur ;
Verse-le sur tes fils souillés, *Mère sans tache!*

MATER AMABILIS.

J'aime à le répéter, ce nom béni de mère :
Pour le cœur d'un enfant, fut il rien de plus doux ?
Tu le remplis, Seigneur, d'amour et de mystère :
Ce nom, ce talisman est un trésor pour nous.

Pour l'enfant, une mère est l'ange tutélaire,
Et le pauvre orphelin qui l'invoque à genoux
Trouve qu'en la priant sa peine est moins amère ;
Son souvenir pieux est un baume pour tous.

Pour donner à chaque homme une mère nouvelle,
Le Christ fit de Marie une mère immortelle
Qu'il voulut nous léguer en mourant sur la croix.

Ah ! je sens chaque jour son appui secourable,
Sa caresse divine. Orphelin, je la vois
Me dire : viens, mon fils, je suis la *Mère aimable*.

MATER ADMIRABILIS.

Tu peux avec orgueil t'admirer, ô génie !
Dans l'œuvre où la beauté dépasse ton souhait ;
Mais élève ton front, contemple au ciel Marie,
Dis-moi s'il fut jamais chef-d'œuvre plus complet !

Tu verras dans l'éclat de sa grâce infinie
Cette merveille où Dieu se mire et se complaît.
Devant tant de beauté, devant tant d'harmonie,
En admiration tu resteras muet.

Du Créateur, tu fus le plus sublime ouvrage,
O lis immaculé que respecta l'orage,
Toi, prodige, qui fus vierge et mère à la fois.

[pable,]
Moi qui ne suis qu'orgueil, qu'un ingrat, qu'un cou-
Ta bonté me confond, du Ciel quand je te vois
M'appeler tendrement ton fils, *Mère admirable !*

MATER CREATORIS.

Le temps n'existait pas, que le Verbe immuable
Remplissait le néant de son Être infini ;
Mais heureux dans son sein, solitude ineffable,
Son bonheur, Dieu voulut qu'on le goûte avec lui.

Il voulut dans le ciel une cour adorable,
Que, roi de l'univers, l'homme fût son ami :
Il dit, et tout fut fait. Sa puissance insondable
Rentra dans le repos; le monde était fini.

Dans son œuvre parfaite, il pouvait se complaire.
Mais tandis qu'impuissants, et les cieux et la terre
Ne peuvent contenir sa gloire et sa grandeur,

Seule tu le contins, ô divine merveille,
Toi, femme, créature à nulle autre pareille,
Marie ! en devenant *Mère du Créateur*.

MATER SALVATORIS.

A chaque être ici-bas, Dieu donne avec largesse,
Il gouverne le monde en puissant souverain.
Dans chaque créature il voile sa sagesse,
Car, lui donnant des biens, il en marque la fin !

Et si l'homme reçoit des titres de noblesse,
L'homme doit l'adorer .comme le séraphin ;
Et pour payer d'amour sa royale tendresse,
Il doit aimer sa loi, chanter son nom divin.

Quand il donne à l'insecte une aile diaprée,
Et qu'il cache un parfum dans la fleur empourprée,
Dieu veut être béni par leur douce fraîcheur.

Vierge, le ciel te fit pour éclairer ce monde,
Qui se mourait, gisant dans une nuit profonde,
Et tu vins l'éblouir, ô *Mère du Sauveur !*

VIRGO PRUDENTISSIMA.

La terre te pesait, et dans ta lassitude,
Comme un lis, tu voulus, tendre et royale enfant,
Sous les regards de Dieu, loin de la multitude,
T'épanouir dans l'ombre et le recueillement.

Embaume de vertus, Vierge, ta solitude ;
Redouble les soupirs de ton amour ardent,
Bientôt tu porteras dans ta béatitude
Au monde misérable un trésor qu'il attend.

Nous suivons un sentier glissant et difficile,
En portant la vertu dans un vase fragile
Qui laisse évaporer le parfum précieux.

Marie, inspire-nous la crainte méfiante
Que le monde fit naître en ton cœur si pieux,
Et veille avec tes fils, ô *Vierge très-prudente !*

VIRGO VENERANDA.

Par l'odeur des vertus, attiré sur ta trace,
Tu vis à tes genoux l'archange Gabriel
Qui vint te saluer, Vierge pleine de grâce,
Entre toutes bénies au nom de l'Eternel.

Plus belle que tes sœurs de ta royale race,
Dieu te choisit pour mère, ô fille d'Israël.
Ah ! près de tes grandeurs, toute grandeur s'efface,
Puisque tout te vénère et te bénit au ciel.

Ton triomphe est complet, ta gloire est infinie.
Mortels, que pouvons-nous pour t'honorer, Marie,
Toi qui tiens le Très-Haut dans l'admiration ?

Mais non, trésor d'amour, ô reine incomparable,
Tu réclames encor pour ton ovation
L'hommage de nos cœurs, *ô Vierge vénérable !*

VIRGO PRÆDICANDA.

L'univers est soumis, Marie, à ton empire,
Tu promènes partout ton royal étendard,
Et l'on voit chaque jour, séduits par son sourire,
Les peuples et les rois s'attacher à ton char.

Fière de tes grandeurs qu'elle voudrait traduire,
La terre t'a voué son génie et son art ;
Tes splendeurs, quel mortel pourra jamais les dire,
Puisqu'ils sont impuissants, les élans d'un Bernard ?

Ah ! je voudrais pourtant te chanter, tendre Mère,
Mais l'hymne de mon cœur, ce n'est que la prière,
Et mon amour te dit ses *Ave Maria*,

En attendant qu'un jour il puisse, avec les anges,
Entonner pour ta gloire un saint *Alleluia*,
Vierge et Reine du ciel si *digne de louanges !*

VIRGO POTENS.

Reine du ciel, en qui Dieu mit sa complaisance,
Toi dont l'amour ravit l'auguste Trinité,
Tandis que les élus célèbrent ta puissance,
A ton nom, l'ennemi recule épouvanté.

Mais tes fils abattus, remplis de confiance,
Puisent dans ton courage et dans ta charité.
Tu rallumes leur foi, tu leur rends l'espérance,
Et tu guides leurs pas vers l'immortalité.

Avec ton étendard, Reine de la victoire,
Nous marcherons joyeux au triomphe, à la gloire,
Nous serons tes soldats, nous en faisons le vœu.

Souris à tes enfants, montre-toi rayonnante,
Toi, la fille, l'épouse et la mère de Dieu,
Et tu vaincras toujours pour eux, *Vierge puissante!*

VIRGO CLEMENS.

Jésus allait mourir, et de son bois infâme,
En jetant sur Marie un regard attendri :
« Le monde est ton enfant, deviens sa mère, ô femme !
» Dit-il ». Ce testament était son dernier cri.

Sur tes fils adoptifs, ô Vierge, ô Notre-Dame,
Tu reportas alors ton amour infini.
Le Christ, en expirant, allumait dans ton âme.
Le feu de ces ardeurs dont il était rempli.

Toi qui nous enfantas au sommet du Calvaire
Dans l'angoisse et le deuil, tendre et divine mère,
Répands, répands sur nous chaque jour tes bienfaits.

Aux crix de nos douleurs reste compatissante ;
Malgré nos vains serments, pour recouvrer la paix,
Nous recourrons toujours à toi, *Vierge clémente !*

VIRGO FIDELIS.

La grâce t'appelait : pour te montrer docile
A cette voix du ciel qui frappait à ton cœur,
Tu renonças au monde, à sa gloire futile,
Pour vivre dans la paix, seule avec le Seigneur.

Quand Dieu te demanda dans ton sein un asile,
Tu te soumis, Marie, à l'ineffable honneur.
Toi qui, dans ta candeur, te croyais inutile,
Dans un ravissement tu conçus le Sauveur.

Tu voulus, résignée, au sommet du Calvaire,
Voir mourir ton Jésus, ô magnanime mère !
Et nous montrer ton calme avant d'aller au ciel.

Trop longtemps, fils ingrat, à ton amour rebelle,
J'ai méconnu ta voix et ton pressant appel,
Mais désormais je veux t'aimer, *Vierge fidèle !*

SPECULUM JUSTITIÆ.

J'ai vu l'azur du lac reproduire l'image
Du saule de sa rive et du pic sourcilleux.
Dans l'onde du ruisseau, j'ai vu le blanc nuage,
Dans le calme Océan, l'immensité des cieux.

Mais ce reflet si doux, ce n'est pas tout l'ouvrage :
L'image est infidèle et sait trahir nos yeux.
Telle au fils du désert, l'oasis du mirage
Apparaît quand au loin fuit le simoun poudreux.

La rose est le reflet de la rose mystique,
Le lis des champs redit au cœur le lis pudique,
Mais en ont-ils l'éclat, le parfum, la couleur ?

Du Très-Haut, dans le ciel, qui peut sans artifice
Refléter les splendeurs avec sincérité ?
Toi seule, Vierge pure, ô *Miroir de justice !*

SEDES SAPIENTIÆ.

La sagesse bâtit pour elle une demeure :
Sept colonnes de marbre en étaient l'ornement.
Tel, l'Esprit Saint, Marie, ô beauté supérieure,
Voulut faire de toi son divin monument.

En ajoutant sept dons à ta grâce antérieure,
Tu devenais dès lors un chef-d'œuvre éminent,
Et le Seigneur charmé de ta gloire intérieure
Voulut vivre caché dans ton isolement.

Dans tes atours riants tu lui parus si belle
Qu'il oublia l'éclat de sa gloire éternelle,
Pour faire de ton sein son siège d'amour.

Vierge, sur tes enfants verse dans ta tendresse
Du trop-plein de tes dons ; que nous puissions un
Nous asseoir à tes pieds, *Trône de la sagesse !* [jour

CAUSA NOSTRÆ LÆTITIÆ.

Plus belle que Judith, l'enfant de Béthulie
Qui fut un jour la joie et l'honneur d'Israël,
Tu parus dans Sion, ô divine Marie,
En charmant à la fois et la terre et le ciel.

Après quatre mille ans, tu donnas le Messie
Qu'heureuse tu cachais dans ton sein maternel.
En répandant partout la lumière et la vie,
Tu vins briser nos fers en portant l'Éternel.

Et du haut de ton trône, ô ravissante aurore,
Tu veux nous enrichir en partageant encore
Ton rayon de bonheur à nos cœurs désolés.

Ah ! reçois les élans que notre amour t'envoie,
Et pour calmer l'ennui de tes fils exilés,
Vierge, souris toujours, *Cause de notre joie!*

VAS SPIRITUALE.

Le monde avait jeté dans ton cœur l'épouvante,
A Dieu tu te vouas par ta virginité ;
Mais s'il devint ton fils, cette gloire éminente
Était le prix divin de ton humilité.

Tu grandissais ainsi, craintive et méfiante,
Loin du bruit, des honneurs et de la vanité,
En bâtissant toi-même, ô modeste servante,
L'édifice si beau de ta sublimité.

Comme l'épi chargé sur sa tige se penche,
Ainsi tu l'inclinais, ta corolle si blanche ,
Si pleine de parfums, chaste lis du Carmel !

Pour Dieu, que ton amour, ô Vierge bienheureuse !
Ravive dans nos cœurs la flamme généreuse
Qui brûla dans ton sein, *Vase spirituel!*

VAS HONORABILE.

La femme n'était plus qu'un instrument servile,
Qu'un être dégradé que la crainte soumet.
Dans son abjection, désormais inhabile,
Elle endurait les maux dont elle était l'objet.

Quand tu parus, Marie, en ce monde débile,
Pour laver son affront tu trouvas le secret;
Mère du Dieu vivant, ta gloire indélébile
Assurait pour la femme un triomphe complet.

Par les belles vertus dont tu fus le symbole,
Son front terni brilla de la triple auréole
De l'amour, du martyre et de la pureté.

Vierge, pour conserver le rang inestimable
Où ta grandeur plaça la triste humanité,
Encor décèle-nous tes dons, *Vase honorable!*

VAS INSIGNE DEVOTIONIS.

O piété, doux baume et charme de la vie !
Par toi dans l'amertume on sait trouver du miel ;
C'est toi qui joins les mains de l'enfant quand il prie,
Qui conduis le lévite au pied du saint autel.

Tu donnes l'espérance, et ta voix attendrie
Touche le cœur méchant et le rend moins charnel.
L'âme s'épure en toi, c'est par toi qu'elle oublie
Ce monde décevant, pour ne penser qu'au ciel.

Tu n'as été qu'extase et qu'amoureuse flamme
Pour Dieu, Vierge Marie. Oh ! viens dire à notre âme
Comment tu sus goûter son intime union.

Verse, verse en nos cœurs, et répands sur la terre
En effluves d'amour les flots de ta prière,
O Vase merveilleux de la dévotion !

ROSA MYSTICA.

Qu'ils sont riants, les dons que le printemps étale
Sur ton autel, Marie, au mois si doux des fleurs !
La rose épanouie a dans chaque pétale,
A travers le carmin, mille chastes odeurs.

Le lis penche à tes pieds son calice d'opale,
La violette embaume en livrant ses senteurs ;
Le liseron des champs vers toi grimpe en spirale.
Ces fleurs t'offrent, Marie, et parfums et couleurs.

Bonne mère, ces dons, ta grâce les admire ;
Et pour payer l'amour tu donnes un sourire
A ton enfant pieux qui te prie à genoux.

Plus belle que ces fleurs sur ton trône rustique,
Chaste fleur qui grandis au jardin de l'Époux,
Que ton parfum m'enivre, ô ma *Rose mystique!*

TURRIS DAVIDICA.

Fière de ses créneaux, la Tour si formidable
Sur la montagne sainte attirait les regards ;
Défense d'Israël, asile impénétrable,
Où le guerrier veillait, debout sur les remparts.

Plus belle encor, Marie, ô Tour inexpugnable
De l'Église de Dieu, tes boucliers, tes dards,
Défendent dans ton sein une armée innombrable,
Contre un fier ennemi frappant de toutes parts.

Soldats, nous combattrons couverts de ton armure.
Que pourront les assauts ? Ton amour nous assure
Un triomphe éclatant sur l'infernal esprit.

Seule tu nous défends, divine Forteresse,
Dans nos luttes sans fin, quand l'ennemi nous presse ;
Protége-nous toujours, Reine, *Tour de David!*

TURRIS EBURNEA.

Belle et puissante Tour, Marie, ô douce Mère,
Tu fis de tes enfants d'invincibles guerriers.
En mettant dans leurs mains pour glaive ton rosaire,
Tu les armas, tes preux, tes nobles chevaliers.

Ils portent ta livrée, et ton saint Scapulaire
Défend bien mieux leur cœur que tous les boucliers.
Puisque ton nom si fort est notre cri de guerre,
Nous vaincrons en t'offrant, heureux, tous nos
[lauriers.
De ton pied virginal, ô divine Marie,
Tu l'écrasas toujours, l'hydre de l'hérésie,
Toi le Palladium, le Pilier de la foi.

Fais bientôt retentir le cri de la victoire
Dans l'Église de Dieu ; son triomphe par toi
Ne fut jamais douteux, ô Reine, *Tour d'Ivoire!*

DOMUS AUREA.

Tu voulus imprimer à ton chef-d'œuvre immense,
Avec ton nom, grand Dieu, ton cachet éternel.
Pour célébrer ta gloire et ta munificence,
L'univers est un temple et la terre un autel.

Mais pour communiquer à l'homme ta puissance,
Tu voulus te bâtir, par la main d'un mortel,
Un temple éblouissant dont la magnificence
Attirerait vers toi les rois en Israël.

C'était encor trop peu ; ta bonté sans mesure
Désirait confier à l'âme sans souillure,
Comme un dépôt sacré, comme un divin trésor,

Ta divinité même. Et l'œuvre fut sublime ;
Entre la terre et toi tu sus combler l'abîme,
En faisant de Marie, ô Dieu ! ta *Maison d'Or*.

FŒDERIS ARCA.

Moïse avait construit le sacré tabernacle,
Exécutant ainsi l'ordre et les plans divins.
De ce trône enrichi, Dieu rendait son oracle,
Sur ses trésors veillait l'aile des chérubins.

Mais le Seigneur voulant un plus riche cénacle,
Marie, il te bâtit lui-même, et tu devins
Du Nouveau Testament le divin réceptacle
D'où rayonna sur nous l'amour du Saint des Saints,

Oui, sans corruption, tu cachas, bien modeste,
L'Auteur de ta loi même, et sa manne céleste,
Toi, plus féconde encor que l'arbre d'Aaron.

A toi nous recourons, Marie, avec instance ;
Traite encor pour tes fils avec Dieu l'union,
Et scelle leurs serments, toi, l'*Arche d'alliance*.

JANUA CŒLI.

Quand je vois dans l'azur de la voûte infinie
Briller les diamants qui captivent mes yeux,
J'aime à poursuivre alors ma douce rêverie,
Car mon âme se perd dans la splendeur des cieux.

Que tu dois être belle, ô riante Patrie !
Et qu'ils doivent charmer tes palais radieux !
Il faut pour te chanter, ô temple de la vie !
De tes bardes sacrés, les luths mélodieux.

De ce nouvel Éden, l'archange avec son glaive
Ne défend plus l'accès, car c'est la nouvelle Ève
Qui veille et tient la clef du palais éternel.

Oui, quand aura sonné pour nous la dernière heure,
Nous verrons s'entr'ouvrir l'éclatante demeure,
Puisque, pour nous, Marie est la *Porte du Ciel.*

STELLA MATUTINA.

[encore,
Pendant que la nuit meurt, que tout sommeille
On voit comme un clou d'or oublié dans les cieux,
Avant que l'horizon de pourpre se colore,
Un seul astre attardé qui brille radieux.

C'est l'astre du matin qui précède et décore
Le phare éblouissant qui réjouit nos yeux.
Docile avant-coureur, il annonce l'aurore
D'un jour calme et serein, au matelot pieux.

Mais moins belle est au temple une lampe allumée,
Moins doux sont les rayons de l'urne parfumée
Qu'aux pieds de l'Éternel balance un chérubin,

Que ton éclat, Marie. Oui, dans la nuit profonde,
Précédant le soleil qui réchauffa le monde,
Israël te vit luire, *Etoile du matin !*

SALUS INFIRMORUM.

Coupable dans Adam, l'homme héritier se traîne
Au sein de la douleur. Mais, par ta passion,
Tu réduisis, Seigneur, le lourd poids de sa chaîne,
En lui montrant ton calme et ta soumission.

Pour nous aider encor, Marie, ô Souveraine,
Toi qui reçus de Dieu la sainte mission,
En partageant nos maux d'adoucir notre peine,
Tu fais sentir l'effet de ta compassion.

Au chevet du mourant, debout comme au Calvaire,
' Tu verses sur son cœur du baume, ô tendre Mère !
Et sa foi se ranime à ton doux souvenir.

[mes,

Ah ! puisque dans la paix, Vierge, tu nous confir-
Que ton saint nom s'exhale à mon dernier soupir
De ma bouche expirante, *ô Salut des infirmes !*

REFUGIUM PECCATORUM.

Mon Jésus, à tes pieds quand je vois Madeleine,
Que tu donnes à Pierre un regard paternel ;
Que, pour toucher son cœur, de ta voix si sereine
Tu l'appelles *ami*, ce Judas criminel,

Je le sais, c'est pour l'homme, ô bonté souveraine,
Que tu te fis petit, et comme lui mortel ;
Tu le voulais heureux, et, partageant sa peine,
Tu vins le relever sur le chemin du Ciel.

Enfants déshérités, du sein de l'esclavage,
Nous voulons implorer, Vierge, ton doux suffrage :
La sainte liberté, viens la rendre à nos cœurs.

De tes fils repentants, ô bonne et tendre Mère,
Gémissant à tes pieds, exauce la prière ;
Reçois-les dans tes bras, *Refuge des pécheurs !*

CONSOLATRIX AFFLICTORUM.

Dans les temples sacrés et de pèlerinage,
Mon œil a contemplé des cœurs mystérieux,
Symboles de l'amour, et de l'amour l'ouvrage,
Qui forment des lambris d'un goût délicieux.

Et la Vierge apparaît partout dans chaque image ;
A genoux à ses pieds, et les mains vers les cieux,
On voit un orphelin, l'espérance au visage,
Un pauvre, un malheureux, soudain rendus joyeux.

Qu'il fait bon t'admirer dans l'image pieuse,
Tendre Reine du ciel ! tu souris radieuse,
Aux fils qui près de toi se sont réfugiés.

Mon cœur reconnaissant sait comprendre, ô Marie,
Pourquoi dans la souffrance on t'invoque, on te prie :
Tu consoles toujours les *pauvres affligés.*

AUXILIUM CHRISTIANORUM.

Sur les flots d'Ionie, au golfe de Lépante,
On les vit accourir un jour de l'Occident,
Ces défenseurs du Christ, cohorte menaçante,
Pour opposer leur bras aux hordes d'Orient.

Sur leur saint étendard, se montrait rayonnante
La mère du Sauveur. L'ennemi grossissant
Couvrait au loin les flots de sa masse imposante ;
Marie allait lutter contre le fier croissant.

Et l'on se mêle au cri répété de Marie !...
Mais le Turc vit bientôt, râlant dans l'agonie,
S'engloutir à la fois son orgueil et ses biens.

Tandis qu'en ce grand jour, ô Vierge tutélaire,
Tu vengeais de ton Christ la croix et la bannière,
L'univers te nommait le *Secours des chrétiens*.

REGINA ANGELORUM.

Créatures du ciel, images si fidèles,
Qui réflétez de Dieu l'immuable beauté,
Aux pieds du Saint des Saints, lumières immortelles,
De vos ardeurs brûlez devant sa majesté ;

Ministres de sa cour, royales sentinelles,
Nagez dans l'Océan de votre volupté ;
Adorez en chantant, couvrez-vous de vos ailes
Pour soutenir l'éclat de la Divinité.

Cependant, ces neufs chœurs que la gloire environne
Ne sont qu'un piédestal qui rehausse ton trône,
Marie, et ton éclat pâlit leur doux rayon.

Mais ton front réjouit ces heureuses phalanges
Qui vinrent sur la terre, ô Vierge de Sion,
Te chercher pour te faire au Ciel *Reine des Anges*.

REGINA PATRIARCHARUM.

La foi de ces vieillards était persévérante,
Quand, dégagés du monde, au ciel tenant leur cœur,
Leur soupir réclamait d'une voix suppliante
Le Désiré promis, le Juste, le Sauveur.

Telle que tes aïeux, tu vivais dans l'attente,
O fille de David, priant avec ferveur,
Pour soulager plus tôt la terre impatiente
De saluer son Chef, son Roi, son Rédempteur.

Et les temps accomplis, fières de leur naissance,
Les filles de Sion redoublaient d'espérance,
En comptant l'apporter, mais ta candeur charma.

Et ton sein, maison d'or, la plus sainte des arches
Que Dieu pût se choisir, ton sein nous le donna,
Marie, et tu devins *Reine des Patriarches*.

REGINA PROPHETARUM.

Ces chantres inspirés qui parcouraient la terre
Pouvaient voir à travers l'épaisse nuit des temps ;
Ils contemplaient déjà, gisant dans leur poussière,
Les peuples asservis avec leurs conquérants.

Devant Dieu, pour courber une puissance altière,
Ils étaient obéis par tous les éléments ;
Le soleil à leur voix arrêtait sa carrière,
Et la mer entr'ouvrait ses abîmes béants.

Pourtant, leur grande gloire est d'avoir dit au monde
Que, les temps accomplis, une vierge féconde
Enfanterait un jour le Dieu des nations.

Mais, plus puissante qu'eux, tu vis courber les têtes
Des peuples et des rois, des générations,
Pour te louer, Marie, ô *Reine des Prophètes !*

REGINA APOSTOLORUM.

Remplis de l'Esprit-Saint, la grâce les inonde :
Disciples de Jésus, héritiers de ses droits,
Fiers messagers, ils vont, se partageant le monde,
Annonçant à la terre un Dieu mort sur la croix.

La victoire est pour eux, puisque Dieu les seconde ;
Les peuples, les tyrans, dociles à leur voix,
Vont briser leurs faux dieux, et de leur nuit profonde,
Viendront à la lumière en s'écriant : Je crois.

Ces hardis conquérants, si timides naguère,
Par le zèle enflammés, ont embrasé la terre,
Et par eux l'univers adore son Sauveur.

Leur charité puissante, ils l'ont léguée à d'autres
Qui puisent, à leur tour, le courage et l'ardeur
Dans ton amour, Marie, ô *Reine des Apôtres !*

REGINA MARTYRUM.

Jaloux, le fier tyran égorgeait l'innocence.
Par les gémissements entendus dans Rama,
L'enfer nous annonçait son heure de vengeance,
Qu'il traînerait bientôt le Christ au Golgotha.

Preux dignes du Sauveur, plus forts que la souffrance,
La rage des bourreaux contre vous s'émoussa.
Si l'Église reçut sa féconde semence,
Ses nouveaux fils, martyrs, votre sang les créa.

Qui vous rendait si beaux en allant au martyre ?
Au sein de la torture où vous saviez sourire,
Comment avez-vous su combler tous vos désirs ?

Debout près de la croix, ils te voyaient, Marie ;
Tu leur trempais le cœur, ô Mer calme, infinie,
De toutes les douleurs, toi, *Reine des Martyrs !*

REGINA CONFESSORUM.

Tu le juras, Seigneur, ton amour le renie,
Celui-là qui rougit de ton nom ici-bas.
C'est pourquoi Paul te dit : « La mort, l'ignominie
M'attendent, je le sais, mais je ne les crains pas.

Ils ne rougissent pas devant la tyrannie,
Ces hardis confesseurs, dont tu guides les pas.
Ils traînent pour ta gloire une lente agonie.
Leur foi, pour te servir, retarde leur trépas.

Allez, fiers conquérants, jusqu'aux pays sauvages,
Et, sillonnant les mers, affrontant les outrages,
Embrasez l'univers du feu de vos ardeurs.

Vierge, plus forte qu'eux, en suivant au supplice
Ton fils si conspué, bénis leur sacrifice.
Prête-leur ton amour, *Reine des Confesseurs !*

REGINA VIRGINUM.

O Vierges, chœurs divins qui parfumez la terre,
Sous le voile, vos fronts rayonnent de vertus.
L'orphelin trouve en vous une sœur, une mère,
Au chevet des mourants vous faites des élus.

Coulez vos jeunes ans dans l'ombre et le mystère ;
Pour Dieu, vous le savez, ils ne sont pas perdus.
Sur les pas de l'Époux, marchez sur le Calvaire,
Bientôt vous entrerez au ciel avec Jésus.

Chastes vierges, parfois dans sa noire malice,
Le monde ingrat se rit de votre sacrifice,
Mais vous priez pour lui dans votre charité.

Par ta douceur, Marie, ô beauté souveraine ;
Par ton amour, ta grâce et ton humilité,
Des vierges tu seras le modèle et la *Reine*.

REGINA SANCTORUM OMNIUM.

C'est l'heure du triomphe, entonnez vos cantiques ;
Peuples d'élus, chantez en ce jour solennel.
Résonnez, harpes d'or, sous les divins portiques,
Et faites retentir tous les échos du Ciel.

Accourez vous ranger, milices séraphiques,
Près du trône éclatant qu'érigea l'Éternel.
Livrez-vous à la joie, aux transports extatiques ;
Phalanges, saluez la Vierge d'Israël.

Devant elle, inclinez vos palmes triomphales ;
Effeuillez sous ses pas vos roses virginales ;
Courbez vos fronts si purs, cachez-les dans vos mains,

Voici Marie !... Avance, aurore éblouissante ;
Viens enfin réjouir ta cour resplendissante ;
Entre dans tes palais, *Reine de tous les Saints !*

REGINA SINE LABE CONCEPTA.

Pour rehausser l'éclat de ta gloire future,
Le Ciel, à ton aurore, ô fille de Sion !
Puisant dans ses trésors, te fit une parure
Qui tient tous les mortels dans l'admiration.

Oui, Dieu voulut se plaire en toi, Vierge si pure,
O chef-d'œuvre accompli de la création !
Et, soumettant l'enfer, modeste créature,
Tu réjouis la terre à ta conception.

Quand le Saint regretté de la ville éternelle,
Dans son ardent amour te sacra toute belle,
L'univers applaudit au cri du Vatican.

Car la France entendit dans la Grotte isolée,
Comme un écho divin, ta voix à l'humble enfant,
Qui nous disait : « Je suis *Marie Immaculée.* »

AGNUS DEI.

Jésus, agneau sans tache, adorable victime
Qui laves le péché dans ton sang précieux,
Notre âme chaque jour se souille dans le crime,
Pardonne encor, Seigneur, aux pécheurs malheu-
[reux.

Entends l'accent pieux de cette hymne sublime
Qui jaillit de nos cœurs, exauce aussi nos vœux.
Qu'à ton ardent amour notre foi se ranime,
Sur nous verse un regard miséricordieux.

Et toi, tendre Avocate, ô Vierge, ô bonne Mère,
Étends sur nous ton bras jusqu'au jour où la terre
Aura reçu de nous un éternel adieu.

Veille sur tes enfants, ô divine Marie,
Afin qu'après l'exil et les maux de la vie,
Ils puissent avoir part aux promesses de Dieu.

CANTATE

A

NOTRE-DAME DU SAINT ROSAIRE.

A N.-D. DU SAINT ROSAIRE.

(CANTATE.)

AVE MARIA.

Je te salue, ô ma Reine! ô Marie!
La grâce et Dieu sont avec toi :
Sois ici-bas et dans le Ciel bénie
Avec Jésus, ton Fils, mon Roi.
Mère de Dieu, sois aussi notre Mère,
Calme les maux de notre exil,
Et garde-nous à notre heure dernière,
Pauvres pécheurs, ainsi soit-il.

MYSTÈRES JOYEUX.

1° Incarnation.

D'un regard prophétique, adore impatiente,
Royale enfant, fleur d'Israël,
Le Sauveur qui bientôt va calmer ton attente,
Renouveler la terre et réjouir le Ciel.

2° *Visitation.*

Courbe ton front si pur à la voix de l'archange,
  Voici l'Esprit-Saint Créateur.
Que ton âme se livre aux transports de louange,
Car ton humilité mérite cet honneur.

3° *Naissance du Messie.*

L'astre luit dans Jacob : qu'en cette nuit féconde
  Où tout est joie au firmament,
Tes yeux puissent enfin voir le Sauveur du monde
Que ton amour conçut dans le ravissement.

4° *Présentation au temple.*

Du temple du Seigneur franchis l'auguste enceinte
  Où tu guidas tes premiers pas ;
Offre à Dieu, bienheureuse, ô Vierge trois fois sainte,
L'adorable présent que tu tiens dans tes bras.

5° *Recouvrement de Jésus.*

Ton âme un jour goûta ses premières tristesses
  Quand tu croyais ton fils perdu :
Mais ton cœur tressaillit aux divines caresses
De ton enfant chéri lorsqu'il te fut rendu.

MYSTÈRES DOULOUREUX.

1° Agonie de Jésus.

Vierge, voici pour toi l'heure du sacrifice ;
    Contemple au jardin de Sion
Ton Fils qui se prépare à l'infâme supplice,
Et qui s'offre à son Père en expiation.

2° Flagellation.

Ta douleur n'a d'égal que ton divin courage,
    Quand, au milieu des scélérats,
Tu reconnais Jésus dont l'auguste visage
Est l'objet odieux des plus vils attentats.

3° Couronnement d'épines.

Tu la vis, de ton Fils, la majesté divine,
    Sous le diadème sanglant :
Ah ! ton cœur dut sentir chaque cruelle épine,
Et partager l'affront de l'outrage infamant.

4° Crucifiement.

Que ta douleur éclate, ô Mère inconsolable !
    Quoi ! ton Jésus percé de clous...

Offre dans ton amour ta victime adorable,
Puisque Dieu la réclame et qu'elle meurt pour nous.

5° *Mort du Sauveur.*

Près du gibet sanglant où le Sauveur expire,
    Reine de la Compassion,
Dans l'angoisse et la foi consomme ton martyre,
Ta gloire aura sa part dans la Rédemption.

MYSTÈRES GLORIEUX.

1° *Résurrection du Sauveur.*

Le Ciel a retenti d'un long cri de victoire ;
    Marie entonne avec transport
Le saint *Alleluia* : l'Homme-Dieu, plein de gloire,
Sort vivant de la tombe en terrassant la mort.

2° *Ascension de Jésus.*

Plus de soupirs, de pleurs, Vierge, plus de tristesse,
    Ton Fils s'envole vers le Ciel.
Dans tout l'éclat divin il porte l'allégresse
A tous les habitants du palais éternel.

3° *Descente de l'Esprit-Saint.*

C'est au sein du bonheur, ô Mère désolée !
   Que t'attend le Triomphateur.
Tempère les élans de ton âme exilée,
Puisque ton cœur reçoit l'Esprit consolateur.

4° *Assomption.*

Enfin, prends ton essor sur l'aile des archanges,
   Suis les traces de ton Jésus :
Des chœurs font retentir pour toi mille louanges ;
Entre au Ciel, où t'attend la tribu des élus.

5° *Couronnement de Marie.*

Règne le front paré du divin diadème,
   Sur ton trône près de l'Epoux.
Du sein de ta splendeur, de ta gloire suprême,
Puissante désormais, intercède pour nous !

HYMNE

A

LA VIERGE IMMACULÉE.

A LA VIERGE IMMACULÉE.

(HYMNE.)

Prés émaillés, manteau superbe,
Par le Créateur enrichi,
Combien avez-vous de brins d'herbe?
— Mais leur nombre est presque infini...
— Qu'autant de fois tu sois louée,
Vierge Marie Immaculée,
Et que ton saint nom soit béni.

Fleurs du printemps, par Dieu semées,
Dans le calice épanoui
Qu'avez-vous d'odeurs embaumées?
— Mais leur nombre est presque infini...
— Qu'autant de fois tu sois louée,
Vierge Marie Immaculée,
Et que ton saint nom soit béni.

Automne, quand des bois tu cueilles
L'ornement vert déjà terni,
Combien détaches-tu de feuilles?
— Mais un nombre presque infini...
— Qu'autant de fois tu sois louée,
Vierge Marie Immaculée,
Et que ton saint nom soit béni.

O mers, à l'abîme insondable,
Fleuves au rivage fleuri,
— Que comptez-vous de grains de sable?
— Mais leur nombre est presque infini...
Qu'autant de fois tu sois louée,
Vierge Marie Immaculée,
Et que ton saint nom soit béni.

Vaste Océan, toi qui reflètes
Les cieux comme un miroir poli,
Combien as-tu de gouttelettes?
— Mais leur nombre est presque infini...
— Qu'autant de fois tu sois louée,
Vierge Marie Immaculée,
Et que ton saint nom soit béni.

Terre, sur ta superficie,
Dis-moi, peux-tu compter aussi
Les êtres qui sentent la vie ?
— Mais leur nombre est presque infini...
— Qu'autant de fois tu sois louée,
Vierge Marie Immaculée,
Et que ton saint nom soit béni.

Du Créateur, divins royaumes,
Mondes où tout parle de Lui,
Combien renfermez-vous d'atomes ?
— Mais leur nombre est presque infini....
— Qu'autant de fois tu sois louée,
Vierge Marie Immaculée,
Et que ton saint nom soit béni.

Phare des voûtes éternelles,
De feux et de rayons rempli,
Combien comptes-tu d'étincelles ?
— Mais leur nombre est presque infini...
— Qu'autant de fois tu sois louée,
Vierge Marie Immaculée,
Et que ton saint nom soit béni.

Ciel que la nuit couvre de voiles,
A mon regard tout ébloui,
Combien dérobes-tu d'étoiles ?
— Mais leur nombre est presque infini...
— Qu'autant de fois tu sois louée,
Vierge Marie Immaculée,
Et que ton saint nom soit béni.

Séjour du bonheur sans mélanges,
Palais des Saints par Dieu bâti,
Pourrais-tu compter tous les anges ?
— Mais leur nombre est presque infini...
— Qu'autant de fois tu sois louée,
Vierge Marie Immaculée,
Et que ton Saint nom soit béni.

Eternité, vastes demeures
Où l'Eternel s'est établi,
Combien écouleras-tu d'heures ?
— Hélas ! leur nombre est infini ! ! !
— Eternellement sois louée,
Vierge Marie Immaculée,
Que ton nom soit toujours béni !

SALVE REGINA.

SALVE REGINA.

Salut, Reine du Ciel, miséricordieuse,
Baume de notre vie, espérance de tous.
Enfants d'Eve exilés, notre plainte amoureuse,
Par des soupirs, des pleurs, s'exhale à tes genoux.

Ballottés par les flots sur la mer orageuse,
Errants, nous gémissons, Mère, protége-nous ;
Que ta grâce puissante et toujours généreuse,
Sur nous tourne un rayon de ton regard si doux.

Abrège de l'exil les longs jours de tristesse,
Pour nous montrer enfin l'objet de ta tendresse,
Jésus, le chaste fruit de ton sein virginal.

Sois notre guide à tous, Vierge, divin fanal,
Et conduis-nous bientôt dans la sainte Patrie,
O clémente, ô pieuse, ô très-douce Marie !

TABLE DES MATIÈRES.

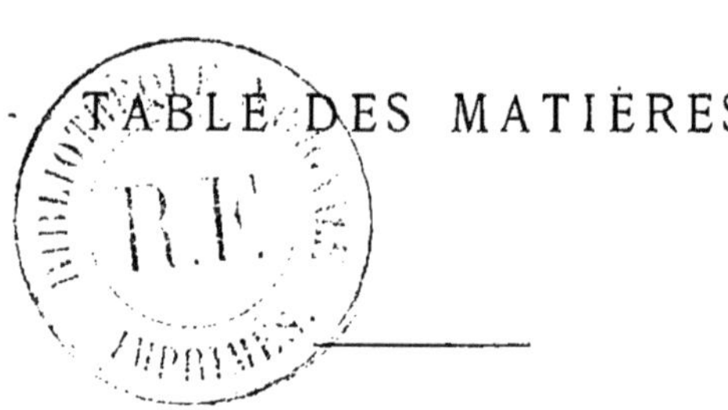

FIN DE LA TABLE.

Périgueux. — CASSARD Frères, imp. de Mgr l'Évêque et du Clergé.

PRIX

DES

AUX DE LA REINE DES CIÈUX

---

dition ordinaire. 1ᶠ 50

.'ition luxe, avec chant et piano. . . . . 3 »

.r· me édition, illustrée de 8 chromo magni-
  ¡ues. 4 25

lème édition, riche reliure, avec sujets
  dorés sur plat. 5 50

.. — 5 0/0 d'escompte pour chaque douzaine d'exem-
 demandés.

9 782019 251802